AF497328

SUR

LA PESTE

DE MARSEILLE.

SUR
LA PESTE
DE MARSEILLE,

EN 1720.

A LONDRES,
ET SE VEND
AU PALAIS-ROYAL,
CHEZ *HARDOUIN ET GATTEY*: n°. 14.

1786.

SUR

LA PESTE

DE MARSEILLE,

EN 1720.

IL y avoit soixante-onze ans que Marseille s'étoit vue affligée de la peste pour la dix-neuviéme fois, lorsque le capitaine Chataud arriva dans son port avec un navire chargé de marchandises du Levant. C'étoit le vingt-cinq mai. On venoit d'apprendre que cette maladie terrible ravageoit les côtes orientales de la méditerranée. Chataud, dans sa traversée, avoit perdu sept hommes, dont on avoit attribué la mort à une fiévre maligne. Depuis son arrivée il en perdit d'autres. Cependant, loin de le confiner lui & ses marchandises dans un lieu éloigné, ou seulement de lui faire subir une quarantaine exacte dans le port, on le laissa débarquer au bout de quinze

A ij

jours ; après quoi les paffagers qu'il avoit amenés, fe répandirent dans la ville & vendirent leurs pacotilles.

Au mois de juin, quelques-uns des portefaix qui avoient tranfporté fes marchandifes dans les magafins de quarantaine, moururent prefque fubitement.

Ces morts étoient tenues fecretes : on les attribuoit à la fiévre, & l'on craignoit que le public ne les attribuât à leur véritable caufe qui étoit la pefte. Sept femaines après l'arrivée du navire, on fe décida néanmoins à éloigner les marchandifes, fur le rapport du chirurgien Croizet, qui donnoit à cette fiévre la qualité de peftilenciele. Elles furent conduites fecrétement dans la petite ile de Jâre à deux lieues dans la mer, fuivant l'ufage ancien d'y dépofer les balots foupçonnés de contenir le levain de la pefte.

Mais Chataud avoit amené des toiles

de contrebande qu'on avoit laissé introduire dans la ville dès les premiers jours de son arrivée. Cette négligence, jointe à l'irrégularité de la quarantaine, rendit inutile la précaution tardive qu'on eut d'envoyer à l'ile de Jâre la funeste cargaison.

Le neuf de juillet, Peissonel pere & Peissonel fils, médecins, donnerent avis aux échevins que la peste étoit dans leurs murs. Les échevins consulterent Bouzon, chirurgien, qui avoit voyagé au Levant. Bouzon leur dit que les médecins se trompoient, & que c'étoit la fiévre. Les échevins le crurent.

Huit jours après, Sicard, autre médecin, les avertit que la peste faisoit des progrès. Bouzon leur répéta que c'étoit la fiévre : ils se tinrent tranquilles.

Le nombre des morts augmentoit : le vingt-trois juillet on en compta quatorze dans le même jour. Les échevins, réveillés par les cris publics, consulterent Peissonel, à qui ils joignirent Bouzon. Peissonel soutint que c'étoit la peste, Bouzon soutint que c'étoit la fiévre ; & les échevins crurent Bouzon. Cependant, pour contenter le public, ils mirent quelques gardes aux avenues de la rue la plus infectée, & ils recommanderent à Peissonnel & à Bouzon de visiter les malades.

Peissonel étoit vieux & infirme : il se fit seconder par son fils. Celui-ci, moins prudent ou plus sage que les échevins, publia hautement que la peste étoit dans tous les quartiers de Marseille. Il écrivit la même chose dans les villes voisines. Tout le monde le crut, hormis les échevins de Marseille. Plusieurs citoyens se retirerent dans leurs maisons de campagne, d'autres s'enfuirent en des provinces éloignées.

La contagion alloit toujours croissant.

Raymond , Bertrand , Robert , Audon , médecins , se chargerent au commencement du mois d'août de visiter les malades , & se firent assister de huit chirurgiens. Tous les douze déclarerent aux échevins qu'il n'étoit plus temps de se flater , & que cette maladie étoit véritablement la peste. Mais Bouzon soutint que c'étoit la fiévre , & les échevins crurent Bouzon. A cette époque il mouroit par jour trente personnes , dont plusieurs tomboient de mort subite.

Enfin tous les médecins de la ville , sans en excepter un seul , assurerent aux échevins que la peste étoit dans Marseille. Mais Bouzon disoit le contraire ; & les échevins se moquerent des médecins. Ils firent plus : ils afficherent au coin des rues , que la maladie que les médecins prenoient pour la peste , étoit une fiévre causée par les mauvais alimens. La populace poursuivit les médecins en les traitant d'ignorans & de fripons.

Au premier bruit de peste, les officiers de la marine éleverent une barriere entre les galeres & le reste du port, & prirent des mesures pour ne manquer ni de vivres ni d'autres provisions. La conduite des échevins fut différente : en refusant de croire à la peste, ils négligerent les précautions d'usage, & ne songerent seulement pas à se procurer des vivres. Bientôt le parlement de Provence défendit toute communication avec Marseille sous peine de la vie. La disette vint se joindre à la peste, & le peuple se révolta.

Quelques-uns des principaux citoyens allerent offrir aux échevins de les aider dans l'administration de la ville. Les échevins répondirent qu'ils n'avoient pas besoin d'aide : ces citoyens se voyant inutiles, se retirerent à la campagne.

Chacun s'occupa du soin de s'isoler :

les

les habitans s'enfermerent dans leurs maifons, les communautés religieufes s'enfermerent dans leurs couvens. Diverfes
familles allerent camper fous des tentes,
ou fe refugierent dans des navires.

Entre les perfonnes qui fe vouerent au
falut public, l'Europe fait qu'il faut dif-
tinguer Henri de Belzunce, évêque de
Marfeille. D'abord il convoqua une af-
femblée des prêtres de la ville, tant réguliers que féculiers, où il les exhorta
vivement à ne pas l'abandonner dans ces
cruelles circonftances. S'il eut la douleur
de n'être écouté que d'un petit nombre, fongeons qu'il faut plus de courage
pour demeurer au fein de la pefte que
pour affronter des bataillons.

La Cour voulut connoitre la nature
de la maladie qui détruifoit Marfeille.
Deux médecins de Montpellier, Chi-
coyneau & Verny, reçurent ordre de s'y
tranfporter, avec Soullier, chirurgien.

Ils arriverent le douze du mois d'août, examinerent les malades , & écrivirent en cour que c'étoit la peste.

Ici nous ne savons si les échevins ont encor refusé de croire, ou s'ils ont jugé convenable de dissimuler afin de ne pas effrayer le peuple. Après le départ des médecins & du chirurgien, ils afficherent que la maladie étoit une fiévre maligne, & qu'ils prendroient au plutôt des arrangemens pour la faire cesser.

Le seize du même mois, jour consacré à la procession des reliques de S. Roch, patron des pestiférés, le marquis de Piles, gouverneur de Marseille , défendit qu'on promenât les reliques. Il craignoit que le peuple, en s'y portant en foule, n'accrût la contagion. Mais le peuple se répandit en menaces. Le marquis de Piles étoit aimé : il n'avoit eu qu'à se montrer pour dissiper les émeutes occasionnées par la disette; il n'en fut pas ainsi de celle qu'oc-

cafionnoit la dévotion à S. Roch : les reliques furent promenées.

Cependant la mortalité augmentoit de
jour en jour dans une proportion qui fit
craindre la ruine totale de la ville. La
faim, la foif, le défordre, le défaut de re-
mèdes, le défaut d'hôpitaux, tout ajou-
toit aux horreurs de la pefte.

On voyoit les rues couvertes de meubles peftiférés, jetés par les fenêtres ; &
de cadavres, dont le nombre s'accroiffoit
à toute heure, faute de bras pour les enlever. Entre ces cadavres on appercevoit
des mourans qui avoient abandonné leur
lit pour venir implorer la pitié des habitans enfermés dans leurs maifons, ou du
petit nombre de gens qui paffoient auprès
d'eux. Et c'étoit prefque toujours en vain
qu'ils l'imploroient : l'épouvante flétrif-
foit les cœurs ; le plus léger fecours étoit
refufé. Heureux celui à qui l'on portoit,
pour étancher fa foif, une gorgée de l'eau

mêlée de fang, qui croupiffoit dans les égoûts !

Des familles jetoient par les fenêtres leur chef à peine expiré : des peres & des meres, armés d'un bâton, pouffoient leur enfant dans la rue, au moment où ils appercevoient en lui le moindre fimptôme de contagion.

Un malade cherchoit-il à fe retirer fous un auvent, pour fe fouftraire aux ardeurs du foleil ? le maître de la maifon le forçoit de s'éloigner, en lui jetant de l'eau chaude fur la tête.

On entendoit des femmes en couche apeler vainement du fecours. Des meres qui alaitoient étoient trouvées mortes, & on laiffoit expirer leurs enfans attachés à leurs mamelles. On trouvoit des peftiférés vivant encore étendus dans un lit auprès d'un cadavre pourri depuis long-temps.

Les familles opulentes n'étoient pas à l'abri du désespoir. Celles que la peste n'avoit point attaquées, attendoient que l'extrémité de la faim obligeât le plus hardi de tous à sortir pour acheter des alimens. Quelquefois il rentroit dans la maison paternelle avec la peste. Alors on se hâtoit de l'isoler dans un galetas. Là il étoit forcé de se lever de son grabat, pour venir prendre à la porte une cruchée d'eau qu'on y posoit en fuyant. Celui-ci mouroit : un autre alloit à la provision, & finissoit comme le premier. Enfin la famille, réduite à un ou deux pestiférés, étoit souvent remplacée par des brigands, qui en égorgeoient les malheureux restes avant de s'en partager les dépouilles.

Des chiens qui avoient perdu leurs maîtres, couroient les rues, déchirant des cadavres pour se nourir. La crainte que ces animaux ne communiquassent la peste à ceux des habitans qui ne l'avoient pas encore, arma contre eux toute la ville; & l'on en fit un maffacre qui vint augmenter l'infection.

On voyoit courir des frénétiques frappant tout ce qu'ils rencontroient; & on fuyoit devant eux, non de peur d'en être batus, mais de peur d'en être touchés. Si l'un des fuyards fe fentoit près de fuccomber à la courfe, il fe retournoit, & d'un coup de bâton ou de caillou il tâchoit d'affommer le malade.

On voyoit s'écrâfer fur le pavé, des peftiférés qui fe précipitoient du haut des toits, n'ayant pas la force d'attendre la mort quelques heures.

Arrêtons-nous, & confidérons le vénérable Belzunce.

Ses chanoines fe font enfuis. Un feul, appellé Bourgerel, étoit loin de Marfeille lorfque la contagion fe manifefta; il y eft rentré, & s'eft mis à la fuite de fon évêque. Tous deux vont porter dans les lieux les plus infects des consolations & des secours : tous deux exposent chaque jour mille fois leur vie. Enfin Belzunce voit son fidele Bourgerel tomber mort à ses côtés : mais sa vertu n'en est point ébranlée. Les conseils, les prières, les larmes, rien ne peut lui montrer un péril au-dessus de son courage. Il n'a plus ni serviteurs, ni chevaux, ni voiture : il a vendu ou mis en gage tout son mobilier. On le voit visiter à pied tous les quartiers de la ville ; on le voit monter dans les maisons désolées : & à peine, quand il passe, le reconnoîtroit-on des fenêtres, si l'on n'apercevoit pas quelques amis qui le suivent de loin en versant des pleurs.

Il étoit difficile que son exemple ne s'imprimât fortement dans l'esprit du clergé. Plusieurs prêtres s'empresserent d'imiter leur chef. Entre les séculiers nous distinguerons Audibert, Fabre, Ar-

naud , Blanc , Gantheaume , Carriere ,
Ribies , Martin , Charrier, Reibas , Gue-
rin , Pafcal , Barens. Ils périrent tous ,
hormis le dernier.

Parmi les réguliers la lifte feroit trop
longue ; nous ne parlerons que de Gautier & de Milay. Le premier étoit fupé-
rieur des oratoriens , le fecond étoit fim-
ple jéfuite. Gautier montoit dans les
maifons , foignoit les malades, les confo-
loit , & diftribua des fecours jufqu'à ce
qu'il eut épuifé les fonds de fa commu-
nauté. Milay choifit le quartier de la ville
le plus empefté , y établit des cuifines , &
furveilla lui-même la diftribution des alimens & des remédes. L'un & l'autre périrent.

Cependant les échevins reconnurent
que le poids de l'adminiftration étoit au-
deffus de leurs forces. Ils voyoient l'ordre
l'abondance & prefque la fanté régner
dans les galeres, tandis que leur ville étoit

en

en proie au brigandage à la difette & à
la mort. Ils fe déterminerent à demander
des confeils aux officiers de la marine.
Le commandeur de Langeron , chef-
d'efcadre , les chevaliers de Lévi & de
la Roche , officiers-généraux , fe tranf-
porterent à l'hôtel-de-ville , le vingt-un
du mois d'août & les jours fuivans.

Le foin le plus preffant étoit d'enlever
les cadavres. Des forçats à qui l'on pro-
mit la liberté , confentirent à fe charger
de ce travail , au moyen de crochets qui
leur furent diftribués. Mais il falloit com-
mander ces forçats : il falloit un homme
qui ne les perdît pas de vue , qui ofât
les fuivre , les mener dans des recoins im-
praticables , qui montât avec eux dans les
galetas peftiférés ; qui fût enfin contenir
une meute de bandits. Cet homme fut
l'intrépide Mouftier , un des échevins.
Depuis le commencement de la contagion , il s'étoit fait remarquer dans les

expéditions dont ses collégues n'avoient
osé se charger.

Moustier courut donc se placer au milieu des forçats. Tantôt à cheval tantôt
à pied, l'épée dans une main la bourse
dans l'autre, il ne cessoit de récompenser
& de punir que pour mettre lui-même
la main à l'œuvre. Une emplâtre fumante
d'un pus pestilenciel, jetée par une fe-
nêtre, vient se coller sur sa joue; Moustier détache l'emplâtre, s'essuie le visage,
& continue ses travaux.

Les conseils du commandeur de Langeron ne se bornerent pas à l'enlévement
des cadavres : ils s'étendirent à toutes les
parties de l'administration. Un génie vaste,
une présence d'esprit que rien n'altéroit,
un courage que les obstacles ne rebu-
toient point ; voilà les qualités qui lui
assurerent le respect de toute la ville. Mais
que peuvent des conseils contre le désespoir ? La ville avoit besoin d'être gou-

vernée. Le Marquis de Piles, attaqué de la peste, ne pouvoit continuer ses pénibles fonctions. La Cour dépécha à Langeron un brevet de commandant de Marseille. Il le reçut le douze septembre : aussi-tôt Marseille changea de face. Les citoyens généreux qui s'étoient vus dédaignés au commencement de la contagion, rentrerent dans la ville & offrirent leurs têtes & leurs bras à un chef qui en sentoit le prix. D'autres vinrent jeter à ses pieds leur fortune. Les malades furent secourus, les propriétés furent respectées, la disette disparut. Les commissaires de quartiers, les directeurs des hôpitaux, les autres officiers publics qui s'étoient évadés dès le mois de juin, se hâterent de venir reprendre leurs fonctions. On vit accourir de toutes parts des médecins, des chirurgiens, des accoucheuses. Et pourtant les ravages de la peste étoient alors si affreux, qu'il périssoit mille personnes par jour.

On avoit débatu longtemps la quef-
tion, s'il falloit s'emparer de quelques
monafteres pour les convertir en hôpitaux.
Les fupérieurs de ces monafteres étoient
parvenus à faire abandonner ce projet aux
échevins. Langeron ne débatit rien ;
mais à peine les fupérieurs le virent-ils
maitre de s'emparer de leurs monafteres,
qu'ils allerent eux-mêmes les lui offrir.

Langeron employoit la nuit à donner
des ordres, & le jour à les faire exécuter.
Son intrépidité enhardiffoit les plus timi-
des. Toutes les maifons de la ville étoient
clofes ; la fienne étoit ouverte à quicon-
que demandoit à lui parler. Non-content
de fe rendre acceffible, il fe portoit par-
tout, il fe montroit par-tout.

Avant la fin de feptembre la mortalité
commença à diminuer ; & dès la fin d'octobre elle étoit prefque infenfible. Mais
une feconde maladie nâquit de la pre-
miere : c'étoit le befoin de s'unir, le be-

foin d'aimer & d'être aimé. La pefle avoit
ravi ce qu'on chériffoit ; on fe trouvoit
feul au milieu de la multitude , on n'avoit
plus où repofer fon cœur. De tous les
foins que prit le commandant pour em-
pêcher que la contagion ne fe renouve-
lât , celui de faire vifiter exactement par
les médecins les couples nombreux qui
demandoient à s'époufer , ne fut pas le
moins pénible.

A peine Marfeille fe vit-elle foulagée ,
que Langeron tourna fes regards vers la
campagne. La pefle s'y montroit alors
fous l'afpect le plus défolant. Chaque jour
on voyoit arriver des familles mourantes ,
qui venoient chercher des foulagemens à
leurs maux dans cette ville même dont
la terreur les avoit éloignées. L'un portoit
fon pere expirant , l'autre foutenoit fon
fils malade ; celui-là tomboit & ne fe re-
levoit plus, celui-ci arrivoit à la longue en
fe traînant fur les genoux & fur les mains,

Ce fut un nouveau sujet de sollicitude pour le commandeur de Langeron. En donnant des soins assidus aux pestiférés de la campagne, il prit les précautions les plus actives pour qu'ils ne communiquassent point avec les habitans de la ville. Il divisa en plusieurs départemens le territoire de Marseille; & à chacun de ces départemens il assigna des médecins, des chirurgiens, des fournisseurs, qui en parcouroient tous les jours les habitations. C'est là qu'on avoit vu ce que la véritable solitude a de terrible dans ses effets : des hommes, abandonnés de toute la nature, creuser une fosse, s'y coucher, & se couvrir de terre, pour n'être pas mangés en entier par les corbeaux & par les chiens.

Mais on y vit des jeunes-filles, que leurs parens avoient repoussées aux extrémités de leurs possessions, recueillies, secourues, servies, soignées par leurs jeunes amans.

On vit une payfane refufer confla-
ment les foins de fon époux pendant fa
maladie, & porter fa tendre prévoyance
jufqu'à s'attacher aux deux pieds une longue corde, afin que, lorfqu'elle feroit ex-
pirée, il pût la trainer dans la foffe fans
être obligé de la toucher.

A la fin de décembre Langeron s'occupa des moyens difficiles de purifier
les édifices publics, les maifons, les
magafins, les meubles, les marchandifes.

Enfin la pefte difparut, après avoir
emporté cinquante mille perfones. C'eft
la plus dévorante que Marfeille ait ef-
fuyée. Sans doute, parmi les actions lâches
qu'elle occafiona, il s'eft commis bien
des actes d'héroïfme qui ont échapé à
la tradition ; car les grandes ames fe dé-
velopent tout entieres dans les calamités
générales. Mais fi Marfeille veut des fla-
tues, il lui refte encore affez de noms à

honorer. Guyon, chirurgien, s'offrit gé=
néreufement à difféquer le premier cada=
vre peftiféré que les médecins examine=
rent, & mourut deux jours après. Peiffo=
nel, courbé fous les ans, ne ceffa de
panfer les peftiférés, de les fecourir, de
les encourager, qu'au moment où la pefte
& la fatigue vinrent le ravir à fes conci=
toyens. Le chevalier Rofe, également
hardi au confeil & à l'exécution, compta
pour rien le facrifice de fa fortune, &
facrifia tous les jours fa vie. Ce fut lui qui
réuffit à inhumer en trente minutes un
millier de cadavres qu'on avoit depuis
longtemps entaffés dans un réduit, &
dont les membres fe détachoient fous les
inftrumens des maneuvres. Le chevalier
de Soiffans, officier de marine, fut
l'aide-de-camp du commandeur de Lan=
geron : nous ne lui donnerons pas d'autre
éloge. Quelque jour, peut-être, Marfeille
infcrira dans le bronze les noms de Gra=
nier, Reboul, Conftans, Bonaneau,
Michel,

Michel, Rolland, Icard, Remufat, Claude Rofe, Beolan, Defperier.

Achevons de nous convaincre que les malheurs publics s'évanouiffent devant une adminiftration éclairée. La pefte avoit pénétré dans les galeres auffi-tôt que dans la ville : les galeres ne perdirent pas la treizieme partie des hommes qu'elles contenoient ; la ville perdit la moitié de fes habitans , & les auroit perdus tous fi Langeron n'eût paru.

Vers le milieu d'octobre les citoyens fe montroient déjà dans les rues de Mar-feille, mais avec de grandes précautions. Ils étoient tous armés d'un *faint-roch*, dont ils fe fervoient pour s'écarter les uns les autres : c'eft le nom qu'ils don-nerent à des bâtons d'une toife & demie de longueur. Les femmes, ne pouvant faire ufage de cette arme, furent forcées de fe tenir plus longtemps reclufes : elles

D

ne commencerent à fortir que dans le mois de mai de l'année fuivante.

De toutes les maifons religieufes, l'abbaye des chanoines - réguliers de faint Victor eft la feule où la pefte ne pénétra pas. Peu s'en fallut néanmoins que les précautions multipliées des chanoines & de l'abbé ne devinffent tout-à-coup infructueufes. Une petite-fille rêva que la pefte cefferoit lorfqu'on auroit porté en proceffion les reliques de faint Victor. Ce rêve fit du bruit. Déjà le peuple & les échevins demandoient la proceffion. Les Victorins alloient fuccomber, fi le commandeur de Langeron n'eût impofé filence. ,, Il eft néceffaire (dit un ,, écrivain marfeillois) que dans les ,, tems de pefte, il y ait des gens de bien ,, qui éloignés du tumulte & dégagés ,, de tout embarras, fe donnent en- ,, tiérement à la priere, & s'immolent en ,, holocaufte de propiciation, tandis que

„ d'autres fe facrifient par leurs tra-
„ vaux „. Cela peut être : mais n'oublions
pas que les chanoines de faint Victor firent diftribuer des fecours tant que dura
la contagion.

N'oublions pas nonplus que plufieurs
évêques adrefferent des fommes confidé-
rables à M. de Belzunce, & que leur bonne
action fut imitée par des fermiers-généraux.
Malheureufement ces fecours arriverent
bien tard. On peut en dire autant de
ceux qui vinrent de Rome. Le pape, in-
formé de la défolation où étoit Marfeille,
envoya du blé pour huit jours & des indulgences pour fix mois ; une partie du
blé fit naufrage, l'autre arriva quand le
terme des indulgences fut expiré.